LE SINGE

ET

LE SOMNAMBULE

SUIVI DE

Le Paresseux et le Travailleur,

Curiosité et Indiscrétion,

les Jumeaux ou l'Amour fraternel.

LE SINGE

ET

LE SOMNAMBULE

SUIVI DE

LE PARESSEUX ET LE TRAVAILLEUR,

CURIOSITÉ ET INDISCRÉTION,

LES JUMEAUX OU L'AMOUR FRATERNEL.

Par Mme C. G.

TOURS

Ad MAME ET Cie, IMPRIMEURS-LIBRAIRES

—

1861

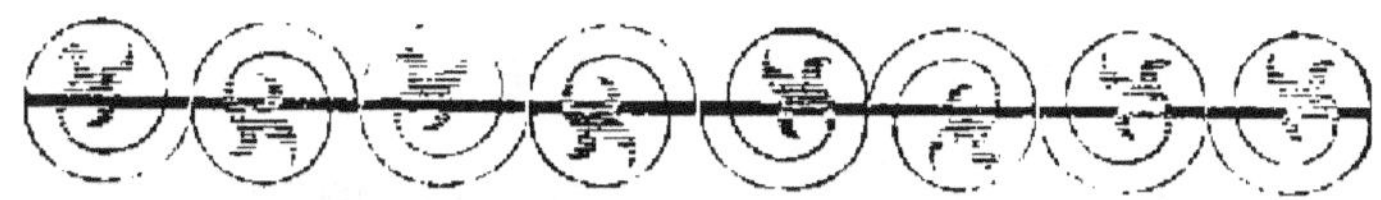

UN PÈRE ET SES ENFANTS

APOLOGUE

Par une froide soirée du mois de décembre, alors qu'une pluie abondante et glaciale fouettait les vitres des hautes fenêtres du château de Villemandry, il se passait dans un des salons de cette noble et magnifique demeure une scène toute de bonheur intime.

Devant un large foyer, où quatre

grosses bûches entassées les unes sur les autres brûlaient en répandant une bienfaisante chaleur, se tenait assis dans un fauteuil un homme dans la vigueur de l'âge, de l'extérieur le plus agréable et d'une rare distinction dans toute sa personne.

Il avait sur ses genoux, et presque blotti contre son sein, un joli ange aux cheveux longs et bouclés, et de chaque côté de son fauteuil un beau garçon, dont l'un paraissait avoir neuf ans et l'autre onze au plus.

A les voir ainsi penchés vers leur père, on aurait pu supposer qu'ils étaient jaloux de la préférence accordée à leur petite sœur; mais, en vérité, tous ces visages d'enfant étaient si frais, si calmes et si souriants qu'il était facile de comprendre à la première vue que la tendresse seule les faisait se rapprocher et former un groupe du plus délicieux ensemble.

Toutefois, il faut l'avouer, il existait encore un autre motif : c'était l'intérêt que les trois enfants prenaient à ce que leur disait leur père. A en juger par l'attention des charmants auditeurs, le sujet de l'entretien devait être pour eux des plus attachants : car ils recueillaient avec une singulière avidité chacune des paroles tombant des lèvres du bon père, qui se prêtait complaisamment aux gracieuses fantaisies de la gentille enfant assise sur lui.

« Père, dit l'aîné de ces enfants, voulez-vous bien nous dire ce soir un de ces contes que vous appelez ?....

— Les Contes de ma Grand'mère, acheva en souriant tendrement M. de

Senneterre; oui, mon fils, si tel est votre désir à tous les trois !... Mais, dites-moi, ne vous êtes-vous jamais demandé, depuis votre arrivée dans ce château, quel était ce portrait qui est là, derrière vous, suspendu entre les deux croisées ?

— Oh ! si, vraiment, père, répondirent les deux garçons. » Et le plus jeune continua : « Voulez-vous bien nous apprendre le nom de la personne qu'il représente ?

— C'est votre vénérable bisaïeule, mes chéris ; c'est ma bonne et bien-aimée grand'mère, dont le souvenir est gravé dans mon cœur comme ses traits le sont sur cette toile insensible, et pourtant... regardez-la... ne dirait-on pas que ce noble et beau visage qui vous sourit est vivant, et que cette bouche expressive va elle-même prendre la parole comme au temps où, petit garçon, assis à ses pieds, les yeux fixés sur les siens, elle me disait les contes que vous avez aussi envie d'entendre? »

A cette espèce d'injonction faite du ton le plus paternel, les trois enfants se retournèrent simultanément, et contemplèrent pendant quelques instants le visage d'une femme de la plus merveilleuse beauté.

« Oh! qu'elle est belle! » s'écria la petite fille en joignant les mains.

« Tu trouves, ma chérie! reprit le père en déposant un baiser sur la joue fraîche et rosée de la gracieuse enfant. Puisses-tu lui ressembler par le cœur! c'est qu'elle fut aussi bonne qu'elle était belle. Le temps l'avait respectée; il avait craint d'altérer l'harmonie de cette figure toujours si jolie qu'elle avait conservé toute la séduction de la jeunesse. A peine pouvait-on donner quarante ans à ma grand'mère, bien qu'elle en eût plus de soixante, lorsque je vins dans ce château passer quelques années qui ne m'ont laissé que des souvenirs de bonheur.

« Il me semble encore la voir, à la place où je suis, blottie dans son grand fauteuil à oreillettes. Son pâle et doux visage, sur lequel aucune ride n'osait se montrer malgré son âge avancé, était d'une beauté qui me ravissait. Sa bouche avait toujours quelque tendre sourire à m'adresser, et de ces mots affectueux qui me touchaient jusqu'aux larmes. Sa voix me remuait le cœur, et sitôt que je l'entendais prononcer mon nom, j'accourais tout joyeux me mettre à ma place habituelle, bien sûr que mon petit babillage serait encouragé plutôt que réprimé, et que je serais régalé d'un de ces contes qui me captivaient au point que je restais comme privé de vie jusqu'à ce que ma grand-mère eût cessé de parler.

« A cette époque (j'avais sept ans), je prenais comme une agréable distraction ces contes que j'écoutais de toutes mes oreilles. Plus tard, avec le raisonnement et par le salutaire effet qu'ils produisirent sur moi, j'ai jugé qu'ils avaient dû être composés dans l'intention de me corriger de quelque défaut marquant, ou pour me montrer la laideur d'une faute que je venais de commettre, ou enfin pour m'exciter à faire quelque action louable ou généreuse : car telle était la manière de me reprendre de cette excellente femme qui, ne pouvant se résoudre à me punir, ne cessait de frapper mon esprit et d'émouvoir mon cœur par des récits qui portaient avec eux leur enseignement moral. Et certes, mes chers enfants, il s'en fallait de beaucoup que je fusse un aimable petit garçon ; j'avais de fort vilaines inclinations...

— Oh ! ce n'est pas possible ! s'écrièrent à la fois les trois enfants. Toi, bon père ! toi, tu pouvais être méchant !

— Hélas ! oui, mes bien-aimés ; et si aujourd'hui j'ai réellement quelques qualités, je n'en suis redevable qu'à ma chère grand'mère. Je n'exagère pas en vous disant que j'avais de fort vilaines inclinations. D'abord, j'étais horriblement malpropre, ce qui faisait le désespoir de votre bonne bisaïeule. Cependant je ressentais un tel chagrin lorsqu'elle refusait de m'embrasser, et qu'elle me disait de sa voix si douce : « Cher « petit! je ne puis t'embrasser, tu es « trop sale, » qu'à la suite de plusieurs refus qui m'avaient désolé, j'eus le soin, avant de l'approcher, de me faire laver les mains et le visage. Alors il fallait voir avec quel air triomphant je présentais ma figure à ses baisers, qui étaient pour moi la plus belle des récompenses.

« Ainsi stimulé par le désir de lui plaire, je contractai peu à peu l'habitude d'être propre et soigneux.

« Mais la malpropreté n'était que mon moindre défaut.

« J'étais paresseux, menteur, obstiné et orgueilleux comme un paon : il y avait de quoi, comme vous le voyez.

Cependant, sachez-le, mes chéris, il n'est pas de défaut, quelque enraciné qu'il soit, qui ne puisse être détruit avec de la patience et une ferme volonté. J'aimais ma grand'mère à l'adoration ; sa parole avait pour moi un charme tout particulier, en quelque sorte irrésistible. Elle s'en servit ; et à l'aide d'attrayantes fictions, de touchantes moralités, elle opéra dans mes goûts et dans mes sentiments une révolution des plus heureuses.

« Or ces contes, que je n'ai jamais oubliés, je les ai écrits par respect pour celle qui prit soin de mon enfance ; et aujourd'hui je me félicite d'autant plus de les avoir conservés, qu'ils vous feront passer, je n'en doute pas, quelques heures agréables.

— Oh! petit père! dit avec un ton

de délicieuse câlinerie la jolie Lucile, j'espère que la pendule ne marquera pas ce soir l'heure d'aller me coucher, afin que j'entende le conte que vous allez nous dire ?

— Chère mignonne, reprit le père, nous avons du temps devant nous. Au reste je te promets de ne regarder la pendule que lorsque j'aurai fini mon histoire. »

Chers petits lecteurs, avant de suivre le récit que M. de Senneterre va faire à ses enfants, je voudrais vous dire quelques mots sur cette intéressante famille dans laquelle je viens de vous introduire. D'ailleurs cette explication est rigoureusement nécessaire, puisqu'elle vous fera faire plus ample connaissance avec les personnages ci-dessus nommés, et qu'elle vous dira dans quel but M. de Senneterre a tiré d'un apparent oubli les Contes de sa Grand'mère.

M. de Senneterre, ayant perdu fort jeune sa chère compagne, la mère de ses enfants, avait quitté le monde pour s'occuper exclusivement de l'éducation de ces trois êtres qu'il aimait de la plus vive tendresse. Non toutefois que son amour le rendît aveugle au point de s'abuser sur leurs défauts; seulement il faisait comme le médecin qui, ayant de graves maladies à traiter, ne prend aucun repos qu'il n'ait trouvé dans les trésors de la science les remèdes propres à les guérir. Ainsi M. de Senneterre, après avoir mûrement réfléchi sur le moyen à employer pour détruire dans ses enfants bien-aimés les fâcheuses dispositions auxquelles il les voit enclins, n'en a pas trouvé de meilleur, de plus efficace que celui qu'il a résolu d'employer.

C'est que véritablement ils ont de très-vilains défauts; je ne citerai que les plus marquants.

Maxime est menteur. Fernand est paresseux au delà de toute idée. Et Lucile, la jolie Lucile, est curieuse et bavarde. Qui voudrait le croire? Ne serait-on pas plutôt tenté de chérir sans réserve cette mignonne créature, toute remplie de grâces et de gentillesse? Et cela serait, sans cette insatiable envie de tout connaître, de tout savoir, et ce besoin incessant de parler à tort et à travers de toutes choses, qui la font haïr des domestiques et fuir comme une petite peste.

Maxime, lui, ne peut dire trois paroles de suite sans mentir ; c'est le mensonge incarné. Les plus simples faits, passant par sa bouche, sont tellement dénaturés qu'ils deviennent méconnaissables. Il ment pour s'excuser; il ment en riant, en jouant, en plaisantant, et aussi sans s'en douter. Quelle plus funeste habitude !

Quant à Fernand, c'est autre chose : il est dominé par le défaut qui donne naissance à une foule d'autres : il est paresseux. Du reste son allure le dit d'elle-même; il a l'air nonchalant et endormi; on dirait qu'il n'ose se remuer, de peur de se fatiguer. Le moindre mouvement, le plus léger effort le lasse et lui semble à accomplir l'un des douze travaux d'Hercule; ce qui fait que sa toilette n'est pas très-soignée. Ses vêtements en désordre témoignent de sa négligence, et de plus ils sont d'une propreté plus que douteuse. S'il appréhende la fatigue pour son corps, Dieu sait s'il apporte tous ses soins à en exempter son esprit; aussi, bien qu'il soit doué de beaucoup d'intelligence, fait-il peu de progrès dans ce que lui montre son père.

De semblables dispositions ne pouvaient qu'éveiller la sollicitude de M. de Senneterre, sans néanmoins l'alarmer ni le rebuter. Ses enfants étaient si jeunes, qu'il avait tout espoir de les corriger. Et puis lui-même n'avait-il pas eu la plupart de ces défauts qu'il remarquait dans ses enfants, et dont bien peu sont exempts? — Cependant si c'est une des tristes conditions de la nature humaine de venir au monde avec plus ou moins de mauvais penchants, il n'en est que plus essentiel de chercher à les extirper dans le premier âge de la vie, où ils n'ont encore que peu de force. Voilà pourquoi M. de Senneterre, en père prudent et sage, veut combattre ceux de ses enfants et prétend les traiter en ennemis redoutables, jusqu'à ce qu'il les ait chassés de leur cœur pour y substituer les vertus opposées.

Ce qui lui est une sûre garantie du succès, et ce qui lui semble devoir aider puissamment à ses efforts, c'est que ses enfants l'aiment d'une vive tendresse, et l'écoutent avec le même plaisir et le même respect, soit qu'il leur fasse une réprimande, soit qu'il ne les entretienne que de choses amusantes. Après cela pourrait-il douter qu'avec la vie il n'ait transmis à ces

êtres si chers le goût prononcé que lui-même ressentait, étant enfant, pour toutes sortes de récits ?

Du reste il en rend grâce au ciel ; car ce goût sert merveilleusement ses desseins et entre parfaitement dans ses vues, ayant depuis longtemps formé le projet (et voilà, chers lecteurs, le moyen dont je vous parlais plus haut) de lire à ses enfants ces contes ou historiettes qu'il s'est rappelés et qu'il a écrits dans les loisirs de sa jeunesse avec un indicible sentiment de gratitude pour celle qui les a composés.

C'est qu'en effet ces contes, qui ont charmé ses jeunes années, ont déposé dans son cœur le germe de plus d'un généreux sentiment. Ils lui ont fait chérir la vertu et prendre le vice en horreur. C'est donc en appréciant les résultats obtenus sur lui par ces contes, que M. de Senneterre s'est dit : Pourquoi mes enfants n'en recueilleraient-ils pas les mêmes fruits que moi ? pourquoi leurs jeunes âmes, que le mauvais exemple n'a pas encore corrompues, ne s'inspireraient-elles pas, sous leur influence, du noble désir d'imiter tout ce qui est beau, de l'amour du bien et des actions honnêtes ? Voilà ce qu'il s'est dit, et ces réflexions l'ont tellement affermi dans son projet qu'il a résolu de tenter l'épreuve le soir même où je vous ai, chers lecteurs, mis en rapport avec cette aimable famille.

Et maintenant nous rendons la parole à M. de Senneterre.

« Comme vous paraissez le souhaiter, mes chéris, reprit M. de Senneterre d'un accent à la fois grave et tendre, je vous raconterai quelques-unes de ces petites histoires composées par votre vénérable aïeule.

« Je vous ai dit dans quel but elle les avait faites, et quelle était son intention chaque fois qu'elle me faisait un de ces récits, qui ne manquaient jamais de porter avec lui un enseignement, une leçon, un conseil ou un exemple; mais dans l'un ou l'autre de ces cas, c'était toujours à mon cœur qu'elle s'adressait. Je ferai comme elle, je n'aurai pas moins bonne opinion de vous qu'elle en eut de moi. J'aurai autant de confiance dans votre discernement qu'elle en eut dans le mien. Et cependant... si j'allais me tromper... si vous ne prêtiez qu'une oreille distraite, qu'une légère attention à ces paroles que je vais évoquer de la mémoire de mon cœur pour les confier à la vôtre, comme de pieux souvenirs, comme les chères traditions de mon enfance. Oh ! je vous l'avoue, j'en aurais non-seulement un regret sincère, mais un véritable chagrin.

— Père ! n'aie pas cette crainte; nous ferons tout pour t'épargner l'un et l'autre, s'écrièrent en même temps Maxime et Fernand, comme s'ils se fussent entendus avant d'exprimer la même pensée.

— Et moi, petit père, ajouta la jolie Lucile, je t'écouterai avec mon cœur. N'était-ce pas ainsi que tu faisais avec notre chère aïeule ?

— Bénies soient vos paroles, mes bien-aimés ! car j'ai l'espoir que chacune de ces promesses a été faite par votre cœur, ce qui me donne la certitude qu'en enfants de noble race vous la tiendrez loyalement. Or, pour vous donner l'exemple, je vais remplir la mienne. Mais comme il se fait tard et que votre heure habituelle de vous livrer au repos est bien près de sonner, pour ne pas prolonger la veillée aux dépens de votre chère santé, je remettrai à demain le commencement de mes récits.

FIN DE L'APOLOGUE.

LE SINGE
ET LE
SOMNAMBULE

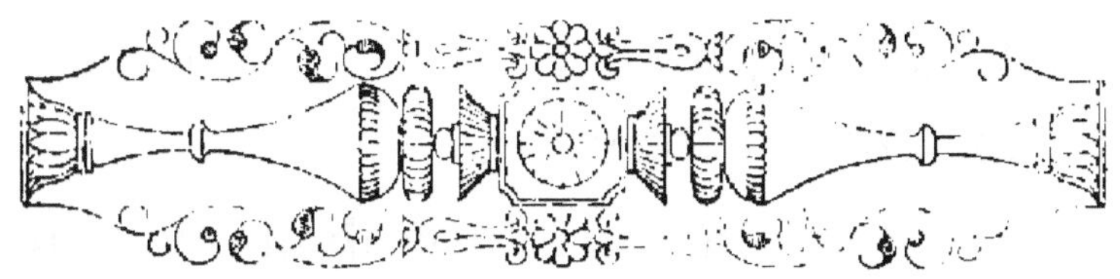

LE SINGE

ET

LE SOMNAMBULE

« Je vois dans vos yeux, mes chers enfants, commença M. de Senneterre en reprenant la conversation au point où il l'avait laissée la veille, que vous êtes aussi curieux qu'impatients de savoir ce que va dire ma grand-mère.

Donc je ne prolongerai pas plus longtemps votre attente.

« Cher Gaston, me demanda un matin la plus aimée des grand'mères et la plus digne de l'être, qu'avais-tu donc à crier hier au soir ? »

A cette question toute simple, je baissai la tête d'un air embarrassé, et ne répondis rien. C'est qu'il faut vous avouer, mes enfants, que, m'étant réveillé en sursaut la nuit, et me trouvant dans une obscurité des plus profondes, je fus si effrayé que je me mis à pousser des cris, oh ! mais des cris tels que toute la maison fut en un instant sur pied. C'étaient ces cris dont votre aïeule, qui feignait d'en ignorer la cause, quoiqu'elle la connût aussi bien que moi, voulait me parler.

Et comme je ne soufflais mot :

« Je vois ce que c'est, ajouta-t-elle avec sa parfaite bonté, tu n'oses me dire le sujet de tes cris. Tant mieux ; c'est signe que tu en éprouves quelque honte. Je ne te gronderai donc pas. » Alors d'un mouvement plein de tendresse elle me releva la tête, et me mit un baiser au front.

« Écoute, continua-t-elle après que je lui eus rendu sa douce caresse, et que j'eus repris mon air joyeux ; ce n'est pas un conte que je vais te dire aujourd'hui, c'est du vrai. C'est de moi-même que je vais t'entretenir.

« Quand j'étais à ton âge, cher petit, je n'étais pas plus parfaite que toi; j'avais même plus d'un défaut que tu n'as pas, et qui m'attirait fréquemment de graves réprimandes et de sévères reproches de la part de ma mère. Mais ce qui faisait surtout de moi un petit être vraiment insupportable, c'est que j'étais si sottement poltronne que j'avais peur de mon ombre.

« Le château que nous habitions toute l'année, ma mère et moi, était situé au fond des bois; de grands arbres, pour le moins séculaires, l'entouraient de tous côtés. Dieu sait aussi, alors que l'hiver était venu, quelles rumeurs étranges circulaient autour de cette vaste demeure, qu'on eût dit avoir été bâtie pour des géants. Les salles, les chambres, les galeries, les corridors étaient d'une proportion gigantesque. Le frisson me prenait, moi petite naine de six ans, dès qu'il fallait me risquer dans une de ces immenses pièces, à travers lesquelles mes pas éveillaient de singuliers échos.

« Tant que la nuit durait, c'était un concert de bruits sinistres, de soupirs lamentables, de murmures plaintifs, et puis comme de sourds gémissements qui me faisaient dresser les cheveux sur la tête. Et qu'est-ce qui produisait tout ce tintamarre infernal ? Oh ! mon Dieu ! il faut en rire, cher enfant, et de tout son cœur, sans se gêner encore; c'était... oserai-je te le dire ?... c'était le vent. Il s'engouffrait avec furie dans les longs corridors et sous les hautes voûtes des galeries, il s'enroulait comme un serpent autour des escaliers en spirale et taillés à jour; puis de son souffle impétueux il ébranlait les portes, secouait les vitres dans les châssis, et agitait les tapisseries de haute lice qui couvraient les murailles, comme si des mains de spectre les eussent remuées.

« Je n'avais plus ce gracieux abandon, cette naïve confiance des enfants. Le sourire s'épanouissait rarement sur mes lèvres. Je ne marchais pas, je glissais; mes pieds effleuraient à peine le sol qu'ils touchaient ; mon allure était toujours inquiète et craintive, et mon cœur battait à se rompre si une porte venait à se fermer brusquement derrière moi, ou si quelque fenêtre mal assujétie s'ouvrait subitement, laissant pénétrer jusqu'à moi les froides bouffées d'une bise glaciale.

« Le plus grand de tous ces malheurs enfantins, c'est que je n'étais pas expansive. J'aimais peu à parler, et encore moins à rendre compte de ce qui se passait dans mon intérieur. C'était, sans reproche, une habitude que ma pauvre mère m'avait fait contracter, parce que, étant elle-même assez taciturne, elle ne pouvait souffrir le bruit et le babillage des enfants. Cela tenait à l'état de souffrance dans lequel elle languissait depuis que j'étais née, et que l'éloignement de mon père, qui habitait presque toujours Versailles, ne faisait qu'augmenter. J'étais donc presque constamment seule, livrée à moi-même, et privée du guide naturel qui devait m'éclairer et me surveiller.

« Mais voici qu'un jour tout est en mouvement dans le château. Le comte de Breuil, le père de ma mère, arrive inopinément. Alors il se fit autour de moi un de ces changements qu'on serait tenté de prendre pour des prodiges.

« Mon grand-père était l'hôte qu'il fallait pour rendre la vie au vieux manoir. Excessivement riche, aimant le luxe et le faste, il dépensait royalement ses revenus. Aussi toute sa maison l'ayant accompagné, les cours étaient-elles remplies d'équipages, de chevaux et de valets; les salles, d'une foule de serviteurs revêtus d'une splendide livrée, allant et venant sans cesse. De plus, mon grand-père n'était pas venu seul: il avait été suivi par plusieurs de ses amis. La noble demeure n'était donc plus silencieuse. Des voix humaines retentissaient du haut en bas, s'appelant, se répondant, et s'envoyant des éclats de rire bien francs et bien gais. On eût dit que toute cette gaieté juvénile était comme une espèce de défi adressé aux malins esprits, qui sont d'humeur assez maussade, selon le dire des faiseurs de contes. Puis les fenêtres s'ouvraient, encadrant des figures souriantes; l'air circulait librement; le soleil, bien qu'un peu pâle, entrait à flots, illuminant de ses reflets d'or les meubles et les tentures. De sombre et de solitaire, le vieux château était devenu soudain joyeux et bruyant.

« Dans mon naïf étonnement je m'imaginais qu'une fée l'avait touché de sa baguette magique. Du reste j'étais tellement sous le charme de cette métamorphose, que pendant les premiers jours j'avais totalement oublié et fantômes et revenants. Le soir je m'endormais dans la plus parfaite sécurité aux sons des bonnes paroles de la femme de charge de mon grand-père. Comme c'était une femme qui avait beaucoup de jugement, elle n'avait pas eu de peine à s'apercevoir des sottes idées qui me mettaient l'esprit à l'envers. Pour cela, et peut-être aussi parce qu'elle était mère, et en raison de l'affection que je lui avais inspirée, elle eut la généreuse pensée de veiller sur moi et de me protéger.

« Cependant, grâce à cette transformation qui s'était opérée autour de moi et dont je subissais l'heureuse influence, je reprenais peu à peu la vivacité naturelle à mon âge. Je commençais à m'aguerrir. J'allais et je venais sans crainte, babillant, chantant et courant, me risquant même assez loin en dehors du château, seule et sans être accompagnée. C'est que les bois aussi avaient participé à la métamorphose générale.

« Le comte de Breuil aimait passionnément la chasse. Il ne se passait presque pas de jour qu'il ne courût le cerf ou le sanglier, en compagnie des gentilshommes des environs, tout aussi enthousiastes que lui de ce noble exercice. Alors il fallait voir quel tableau mouvant et animé présentaient ce château et ces bois jadis plongés dans une morne tristesse, et qui s'éveillaient maintenant au bruit joyeux d'éclatantes fanfares.

« Vivement impressionnée comme je l'étais par cet électrisant spectacle, il n'y avait pas plus moyen de rester mélancolique que de m'isoler et de conserver mes allures craintives : j'éprouvais trop le besoin de parler et de répondre aux gracieuses agaceries des nobles hôtes de mon grand-père et de lui-même. Il n'est pas de plus grand bonheur pour un enfant que de se voir l'objet de l'attention de tous; or ce bonheur était complet pour moi. Mon grand-père m'idolâtrait. Pour ne pas me quitter, je crois qu'il m'eût emmenée à la chasse avec lui, si ma mère y eût consenti. Mais dès qu'il était rentré, il m'appelait près de lui, et nous ne nous séparions plus. Ma sauvagerie n'avait pu tenir contre tant de bontés et de caresses; elle avait disparu entièrement; je n'étais plus reconnaissable.

« La meilleure preuve que je puisse t'en donner, cher Gaston, c'est que depuis l'arrivée du comte je ne m'étais pas livrée une seule fois à mes ridicules terreurs. Il est à présumer que j'en eusse été débarrassée pour toujours, et mon grand-père eût ignoré qu'il avait pour petite fille une peureuse de première force, si pendant trois jours je n'avais pas vu, de mes propres yeux vu, trois effroyables apparitions qui faillirent me rendre folle pour de bon, et qui cependant furent les bienheureuses causes de ma guérison radicale et définitive. Après ces trois mémorables nuits, la peur avait complétement disparu. Mais dame, l'épreuve fut rude, comme tu vas en juger, mon petit Gaston.

« Combien de temps avais-je dormi, c'est ce que je ne puis te dire. Ce que je me rappelle parfaitement, c'est que je fus réveillée par le bruit que faisait ma porte en s'ouvrant. Aussitôt que j'eus la perception bien nette de ce qui se passait dans la chambre, je distinguai à la clarté de ma lampe de nuit, venant directement à moi, une véritable figure de démon, noire, hideuse, grimaçante. Les vêtements qui couvraient l'être étrange dont la seule vue me glaçait le sang dans les veines, étaient d'une ampleur démesurée. Le haut de sa tête disparaissait sous la coiffure la plus extraordinaire. — D'une main il brandissait une arme, et je vis avec horreur que cette main était noire et velue. Cet effrayant personnage marcha d'abord à pas comptés jusqu'à mon lit; mais arrivé là, il se mit à bondir, et en même temps fit sortir de sa poitrine des sons si aigus et si bizarres, qu'à mon tour je poussai un cri terrible et je m'évanouis.

« Lorsque je revins à moi, j'étais dans les bras de Mme Giraud, la femme de charge. A toutes ses questions je restais muette, et mes yeux, encore hagards, erraient autour de la chambre, cherchant l'épouvantable vision. Je me rassurai peu à peu en ne la voyant plus, et je pus enfin lui raconter ce qui m'avait si grandement effrayée. Elle m'engagea à me calmer et à tâcher de me rendormir, ce que je fis avec beaucoup de peine, bien que l'excellente dame me promît de ne pas me quitter pendant mon sommeil.

« Huit jours se passèrent sans nouvelle mésaventure. Mon nocturne visiteur n'était pas revenu. Je finissais par me persuader, d'après tout ce que me disait la bonne dame Giraud, que j'avais fait un mauvais rêve.

« Il était dit cependant que je ne devais pas me confirmer dans cette sage pensée. Homme ou revenant, vivant ou mort, l'être qui m'avait déjà bouleversée par de si vives émotions devait encore m'apparaître. Décidément il m'avait prise en amitié, ce dont je me serais fort bien passée.

« Avait-il choisi la même heure de la nuit pour me rendre sa visite hebdomadaire, c'est ce que je ne saurais affirmer, n'ayant pas vérifié le fait. Quoi qu'il en soit, ce fut la même forme maigre et grêle que je vis, non pas debout comme l'autre fois, mais gravement assise auprès de mon lit dans un fauteuil. Sa figure n'avait pas changé de couleur ; elle était toujours aussi noire et tout aussi hideuse; seulement elle n'avait plus cette ébouriffante coiffure qui m'avait frappée d'étonnement. A la place c'était une énorme chevelure toute hérissée et toute blanche, qui s'encadrait de la façon la plus grotesque, tandis que son corps, tout d'une venue, semblait fort à l'aise dans une large robe à grands ramages.

«Transie de peur, j'ouvrais néanmoins la bouche pour appeler à mon secours, lorsque cette étrange créature, comme si elle eût pénétré mon dessein, se leva en me faisant un signe impératif pour me recommander le silence, et se dirigea vers la porte, en traînant bruyamment ses pantoufles. Quelques instants après, elle avait disparu.

« J'étais restée sans voix et sans mouvement. Cependant une bonne couchait dans un cabinet attenant à ma chambre ; mais comme toute cette scène avait été muette, elle ne s'était pas réveillée. Ce ne fut donc qu'à peu près remise de ma frayeur que j'eus la force de me faire entendre d'elle. Cette fille se leva, chercha dans ma chambre et en dehors si l'apparition n'avait pas laissé quelque trace de son passage. N'ayant rien vu ni remarqué d'extraordinaire, elle revint pour m'assurer que j'avais eu le cauchemar.

« Mme Giraud, en écoutant mon récit, ne me plaisanta pas comme la première fois; elle me parut sérieuse et préoccupée. « Chère demoiselle, me dit la bonne dame, tranquillisez-vous; il n'y a rien que de très-naturel dans ce qui vous arrive. Figurez-vous bien qu'il n'y a pas de revenants. Les morts, hélas! restent dans leurs tombes; il ne leur est pas permis d'en sortir pour venir visiter les êtres chéris qu'ils ont laissés sur la terre. Vous n'avez donc rien à redouter de leur part : c'est tout au plus une mystification ou quelque mauvais tour qu'une personne du château, à laquelle on aura dit que vous étiez peureuse, aura voulu vous jouer. Je vais chercher à en découvrir l'auteur, et, quel qu'il soit, j'espère le déterminer à cesser cette inconvenante plaisanterie. »

« Cette assurance me satisfaisait médiocrement ; car cette affreuse figure noire me trottait par la tête. Si ce n'eût été l'amour-propre qui me retenait (et j'en avais une assez forte dose), j'aurais fait à mon grand-père la confidence de mes tribulations nocturnes. La honte me retint, et je ne soufflai mot.

« Toutefois, ce ne fut qu'avec une extrême répugnance que, l'heure de me coucher étant venue, je me mis au lit ; j'appréhendais le retour de cet être horrible qui semblait prendre plaisir à me tourmenter. Je priai ma gardienne de mettre son lit tout près du mien, parce que, me disais-je, si je ne puis crier, au moins je pourrai peut-être, en la secouant, la réveiller. Elle se prêta complaisamment à ma fantaisie, riant de tout son cœur à l'idée de voir le terrible fantôme.

« Surtout, ne manquez pas de m'éveiller, me dit-elle; je serais si curieuse de le voir. »

« Là-dessus nous nous endormîmes l'une et l'autre.

« En plaisantant elle ne croyait pas si bien dire la vérité, la pauvre fille! Aussi fut-elle tout interdite lorsque, tirée violemment par moi, elle vit, en ouvrant les yeux, le plus étrange spectacle dont certes elle eût jamais été témoin.

« Au lieu d'un revenant il s'en trouvait deux. Mon ancienne connaissance, mon démon familier, était du nombre. Il était encore plus originalement costumé que la nuit précédente; il gesticulait comme un furieux et faisait d'horribles grimaces à son compagnon, qui ne s'en émouvait guère, à en juger par son attitude calme et paisible devant le feu, qu'il avait sans doute rallumé, et auquel il se chauffait tranquillement.

« Celui-ci était en simple toilette de nuit, blanche comme neige; ce qui faisait un singulier contraste avec celle de son camarade, qui était d'une couleur plus que sombre. Mais quoique ce dernier lui adressât toujours les mêmes pantomimes furibondes, il n'y faisait pas plus attention que s'il eût été seul. Si je n'avais été sous l'empire d'une peur effroyable, j'aurais ri de bon cœur de cette comédie.

« Par bonheur, ma gardienne n'était ni intimidée ni empruntée. L'instant de la surprise passé, elle interpella bravement ces deux hardis rôdeurs de nuit.

« Que venez-vous donc faire ici ? » leur dit-elle d'une voix assurée. Et comme ni l'un ni l'autre ne répondait, elle ajouta : « Qui que vous soyez, sortez vite, ou j'appelle. »

« Pas plus de réponse ; seulement mon habitué, se retournant brusquement vers son interlocutrice, lui fit une affreuse grimace et se mit à faire des sauts prodigieux par la chambre ; ensuite il enfila la porte sans avoir prononcé un seul mot.

« Si nous étions débarrassées de l'un

de nos revenants, restait l'autre, toujours grave et insouciant, n'ayant pas même eu l'air d'entendre ni de voir ce qui venait de se passer.

« Ah! bien! voilà un drôle de revenant, s'écria ma fidèle gardienne. Est-il sourd? est-il muet? qu'est-il donc? Au surplus nous allons le savoir tout à l'heure. » Et ce disant, elle s'habillait à la hâte; et prenant la lampe qui brûlait sur la table de nuit, elle alla droit à l'étonnant personnage dont l'esprit semblait être ailleurs que dans son corps, qui paraissait comme privé de la faculté de se mouvoir.

« Mais tout à coup cette espèce d'homme-statue s'agita, ouvrit les yeux, et regarda, avec une stupéfaction impossible à rendre, autour de lui. Alors la vaillante, l'intrépide Jeannette de pousser un grand éclat de rire.

« C'est que le revenant n'était autre qu'un vivant, et des plus aimables vivants encore : c'était le marquis de Clairville, un des meilleurs amis de mon grand-père, lequel marquis était somnambule.

« Restait à savoir maintenant ce qu'était l'autre. Était-il plus redoutable que celui qu'on venait de reconnaître pour un ami ? on pouvait en douter d'après les apparences. Au jour, la seconde moitié de l'énigme devait être expliquée.

« Ce même marquis de Clairville, qui m'avait causé une si belle frayeur, avait reçu en présent d'un de ses oncles, nouvellement arrivé de Madagascar, un singe de la plus grande espèce. Ceci avait eu lieu quelques jours avant sa venue au château avec mon grand-père; et comme il voulait donner ce singe à sa mère, auprès de laquelle il devait se rendre en quittant le comte de Breuil, voici ce qui faisait qu'il avait introduit chez son ami un si singulier hôte.

« Le singe, d'humeur assez malfaisante, et surtout très-piqué d'être continuellement renfermé, s'empressait de profiter de la négligence du domestique chargé de le soigner; et quand celui-ci oubliait de bien fermer la porte, notre singe sortait et employait sa liberté à faire toutes sortes de mauvais tours, courant toute la nuit de côté et d'autre, mais ayant la finesse de rentrer au jour sitôt qu'il entendait du bruit dans le château.

« Il m'eût rendu sans doute encore

plus d'une visite, s'il ne se fût cassé la jambe en tombant (du moins on le présuma) pendant cette dernière et troisième nuit, si fertile en événements de tout genre. Le matin il fut trouvé gisant au pied d'un arbre du jardin; et comme il n'avait pu se dépouiller de son ajustement bizarre, il fut aussitôt reconnu pour le second revenant.

« Lorsque mon grand-père eut appris de ma bouche l'histoire de mes trois nuits à visions, il en rit beaucoup d'abord; puis il me dit d'un ton sérieux: « Comment! chère petite, tu es peureuse! Oh! crois-moi, il faut chasser au plus vite ces sottes idées qui égareraient ton bon sens naturel.

« Puissent ces petits événements que tu as été tentée de prendre pour merveilleux, bien qu'ils ne soient que très-ordinaires, en te confirmant la vérité de ce que je dis, te guérir radicalement de tes frayeurs extravagantes; et si quelquefois encore tu te laissais abuser par les apparences, rappelle-toi LE SINGE ET LE SOMNAMBULE. »

Et ma grand'mère ajouta pour terminer : « Je te l'ai dit, cher Gaston », dès lors, pour moi, il ne fut plus question de peur; les paroles de mon grand-père et ma propre expérience furent de tout-puissants remèdes qui me sauvèrent de cette maladie ridicule qu'on nomme la peur. »

FIN DU SINGE ET LE SOMNAMBULE.

LE
PARESSEUX
ET
LE TRAVAILLEUR

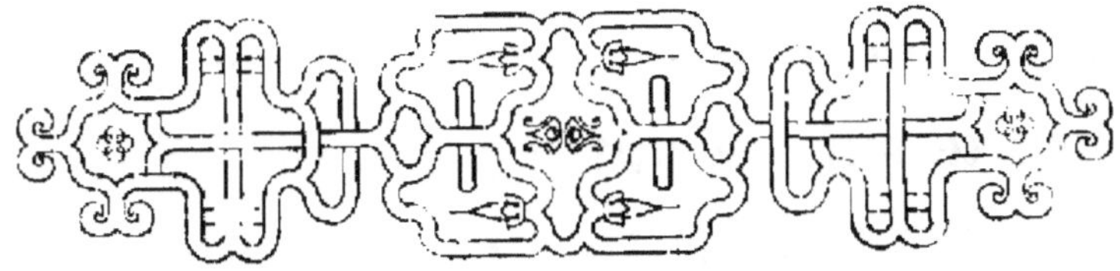

LE PARESSEUX ET LE TRAVAILLEUR

Bien que M. de Senneterre se rendit au salon plus tôt que de coutume, il y trouva ses enfants déjà réunis et causant avec feu : il va sans dire que l'entretien avait roulé d'abord sur le conte qui devait leur être dit à la veillée, et ensuite sur un autre sujet que je vais vous faire connaître, chers petits lecteurs.

Depuis son réveil, Fernand était tourmenté par une espèce de pressentiment qui lui disait que son père choisirait un conte qui ferait allusion à quelqu'un de ses défauts. Lequel, il l'ignorait; et cette pensée l'avait rendu triste, le pauvre enfant! car il avait un bon petit cœur bien sensible, et hors cette détestable paresse à laquelle il s'était livré jusqu'à ce jour, il n'y avait pas d'autre défaut sérieux à lui reprocher.

Tout préoccupé de cette pensée, il l'avait confiée à son frère, et Maxime lui avait répondu : « Pourquoi te chagriner à l'avance ? tu n'en sais rien encore. » A cette consolation un peu banale Fernand s'était dépêché de répliquer : « Tu ne me comprends pas, frère ! Ce n'est pas pour moi que je m'en afflige, c'est pour notre père; parce que je sais bien que nos défauts lui causent de la peine, et la manière affectueuse dont il m'a réprimandé hier au soir m'a pénétré d'un vif regret de l'avoir contrarié par ma négligence à faire mon devoir. »

C'était à cet endroit de la conversation des deux frères que M. de Senneterre était entré. L'enfant a bon cœur, se dit-il avec une douce joie, le Seigneur m'aidera à modifier cette nature portée d'elle-même à la paresse, mais qui n'est pas incorrigible, je l'espère. Sur cette consolante réflexion il se dirigea vers son fauteuil, et aussitôt ses enfants l'entourèrent le pressant de commencer son récit.

« Que votre désir soit satisfait, mes bien-aimés, » leur dit M. de Senneterre ; et les enveloppant tous trois dans un même regard d'amour, il continua ainsi :

« Dans une des villes maritimes de notre belle patrie, il y avait deux enfants de dispositions bien différentes ; quand je dis deux, je ne veux pas faire entendre qu'ils fussent les seuls si diversement partagés de la nature, ces contrastes se rencontrent très-fréquemment ; mais je choisis entre mille ces deux enfants, et je les cite simplement comme exemple.

« Il était impossible de voir deux caractères plus opposés. L'un était le fils d'un humble artisan, et l'autre celui d'un riche et illustre seigneur. Placés ainsi à chaque extrémité de l'échelle sociale, il y avait toute probabilité qu'ils vivraient le nombre de jours que Dieu leur avait accordés, chacun dans la classe où il était né : qui peut l'affirmer cependant? Notre vue est si bornée qu'elle ne dépasse pas les limites du présent, et Dieu seul connaît les événements qui doivent remplir de joie ou de douleur chaque destinée humaine : de cela comme de toutes choses il est le maître suprême.

« Etienne Elliot, le fils de l'ouvrier, était actif, laborieux et doué d'une foule de qualités heureuses. Tout petit qu'il était, il manifestait déjà le goût le plus vif pour le travail. Faut-il demander si un tel enfant ne devait pas faire l'orgueil de son pauvre père?

« Raphaël de Cardeville faisait au contraire le désespoir du sien. Apathique, d'une paresse insurmontable, il passait des journées entières ou nonchalamment étendu sur le vert gazon de ses vertes pelouses, à l'abri de quelque arbre touffu qui le préservait des ardeurs du soleil, ou assis dans un fauteuil, la tête appuyée sur le dossier moelleux, les yeux demi-clos, non pour rêver et penser, mais pour faire participer son esprit au repos absolu dont il faisait jouir son corps.

« Vainement son père avait-il cherché dans cette âme engourdie quelque place sensible; ses menaces comme ses prières étaient restées sans aucun effet. Il en avait été de même des punitions aussi bien que des récompenses. Semblable au roc, que le pic essaie inutilement d'entamer, cet enfant n'avait de force, ne témoignait quelque énergie que pour résister opiniâtrément aux nobles désirs du duc son père, qui voulait l'arracher à cette mortelle inertie.

« Chaque mois voyait un nouveau précepteur venir joindre ses courageux efforts à ceux du malheureux père. Le mois n'était pas écoulé que le premier sollicitait son congé, rebuté qu'il était par le mauvais vouloir de son élève, lequel ne répondait à toutes ses instances que par ces mots : « Je suis riche et noble; je n'ai pas besoin de me fatiguer à travailler; c'est bon pour les pauvres et les manants. »

« Comme si, dans toutes les conditions, Dieu n'avait pas soumis l'homme au travail, à cette loi universelle. Pauvre petit insensé, qui ignore que rien n'est stable ici-bas, que celui qui s'est endormi riche peut se réveiller pauvre, et que tel par contre qui se trouvait dans la misère, peut se voir opulent demain.

« L'obstiné Raphaël était décidé à rester toujours dans son état primitif, à ne pas sortir de sa profonde ignorance. Il ne mordait ni au latin, ni au grec. Il savait tout au plus lire et à peine écrire. Qu'avait-il besoin d'apprendre la géographie ? il ne voulait pas voyager. De quelle utilité lui était la connaissance de l'histoire, à lui qui ne voulait vivre que de la vie matérielle? Peu lui importait la gloire, les honneurs, l'antique renom de ses ancêtres; et que toutes ces choses lui étaient indifférentes ! Pourvu qu'il ne fût pas troublé dans sa douce quiétude, qu'il n'eût à faire aucun effort violent d'esprit ou de corps, il était heureux : ce genre de bonheur lui suffisait.

« Les arts d'agrément lui inspiraient la même répulsion. Pour lui s'il n'y avait pas nécessité d'être savant, il n'y en avait pas davantage de chercher à plaire. N'était-il pas riche et noble ? Ces titres à ses yeux valaient à eux seuls plus que toute la science imaginable et tous les talents. N'aurait-il pas toujours à souhait tout ce qu'il pourrait désirer, lui fils unique, lui l'héritier d'une fortune immense et d'un nom de si glorieuse et antique renommée, qu'à son avis il dispensait du mérite personnel? Etrange erreur! et que le pauvre enfant était loin de penser comme le sage qui dit : Ne nous reposons pas sur les vertus de nos pères; soyons bien plutôt nous-mêmes gens de bien et d'honneur! D'ailleurs tôt ou tard le paresseux devient pauvre.

« Les années, en passant sur la tête de Raphaël, ne le rendirent ni plus sage, ni plus sensé. Au lieu d'apporter quelque changement dans sa manière d'être, elles n'eurent que ce fâcheux résultat de l'enraciner plus fortement dans son amour de la paresse. Aussi ne faut-il pas s'étonner de le trouver à dix-huit ans un être complétement nul et sans aucune espèce d'instruction, même la plus vulgaire. — Oh ! en revanche son corps s'était merveilleusement développé; on voyait qu'il n'avait pas eu à souffrir de veillées studieuses. En un mot Raphaël n'était à cet âge, le plus beau de la vie, qu'un jeune gentilhomme d'assez élégante tournure, extrêmement riche et de grand nom; mais hors cela, rien de plus.

« Un jour Raphaël fut arraché de l'apathique indolence dans laquelle il croupissait par un message de son père et de sa mère, qui habitaient Versailles. Ce message faillit le rendre fou de terreur, tant son contenu était extraordinaire. Il y avait bien de quoi; car son père lui disait qu'il fallait non-seulement s'en aller du château où il était, mais quitter la France, partir pour la terre étrangère, parce que les nobles étaient mis à mort, que leurs biens étaient séquestrés, qu'il n'y avait plus de monarchie, plus de noblesse, plus de priviléges, plus de vassaux.

« L'ordre était donc enjoint à Raphaël de partir sur-le-champ, et d'aller retrouver son père et sa mère, qui se sauvaient en Allemagne pour dérober leurs têtes à l'échafaud.

« Jugez de la consternation de notre incorrigible paresseux. Comment! il lui fallait entreprendre un aussi long voyage! Que de fatigues, bon Dieu! il allait avoir à essuyer!

« Mais d'abord il voulut se croire le jouet d'un rêve affreux. Cependant, à la réflexion, il n'y avait pas moyen de douter: la lettre était là sous ses yeux; c'était bien son père qui l'avait écrite, et l'ordre était précis. Il fallait donc obéir. Dans son désespoir, il ne savait trop à quel parti s'arrêter, tant son esprit était troublé. Il se tâtait pour s'assurer s'il était encore le fils de M. de Cardeville; et convaincu de son identité, il se demandait comment il se faisait alors qu'il ne fût plus riche et qu'on eût aboli la noblesse, puisque enfin il était toujours tout-puissant seigneur, ayant à lui châteaux, forêts et biens considérables; et dire qu'avec toutes ces possessions il était pauvre et forcé de s'enfuir! en vérité, c'était à en perdre le peu de raison qu'il avait.

« Hélas! ces terres, ces bois, ces vastes domaines, pouvait-il les emporter avec lui sur cette terre étrangère où il allait, et où il ne possédait rien? non : ce qui fera que pendant nombre d'années il aura à manger le pain bien amer de la pitié.

« Un peu plus, et il fût resté; il eût, je crois, même consenti à souiller son noble écusson par une lâche apostasie, afin d'échapper aux fatigues effrayantes d'un déplacement.

« Grâce à Dieu, il eut honte, et partit avec l'espoir de revenir bientôt dans ces lieux, qu'il n'abandonnait qu'à regret.

« Mais dans cette âme énervée par la paresse il n'y avait plus de place pour l'énergie; aussi le malheur trouva-t-il sans courage cet enfant dégénéré d'une noble race, qui n'avait pas voulu comprendre qu'un beau nom impose au contraire l'obligation de beaucoup apprendre, et surtout de bien faire. Trop pusillanime pour tenter le moindre effort sur lui-même et sortir de son apathie, il n'eut même pas l'idée d'aller prendre sa place, marquée à l'avance parmi les défenseurs de la légitimité. Trop ignorant pour faire un métier quelconque ou pour remplir le plus chétif emploi, il trouva bien plus facile de ne rien faire du tout et de rester à la charge de sa mère, qui l'aimait comme toutes les mères savent aimer leurs enfants, avec indulgence et dévouement.

« Son père n'était déjà plus. Les souffrances de l'exil, la mort du roi, la perte de sa fortune, ces nouvelles douleurs ajoutées à la plus amère de toutes, celle d'avoir un fils comme le sien, le conduisirent peu à peu vers la tombe. A cette heure suprême, Dieu sans doute consola cette pauvre âme blessée dans ses plus tendres affections, ce pauvre père qui avait eu tant à souffrir dans la personne de cet héritier, plutôt venu comme une affliction que comme une joie.

« Restée seule, la duchesse de Cardeville eut recours au travail de ses mains blanches et aristocratiques pour nourrir ce fils incapable et égoïste, dans le cœur duquel l'amour filial n'avait pu même éveiller un noble et généreux sentiment, un regret de son impuissance et de sa nullité, pas plus que le désir de vaincre son détestable naturel.

« Si l'infortuné ne fut pas témoin des pleurs de sa mère, s'il ne connut pas les humiliations et les tortures qu'imposèrent à cette noble et courageuse femme ces longues et amères douleurs de l'exil, il n'éprouva non plus aucune émotion quand ses pieds foulèrent de nouveau le sol natal. Il poussa un rire d'insensé en voyant sa mère agenouillée, les yeux baignés de douces larmes, baiser avec respect la terre sacrée de la patrie. Pour lui, il restait étranger à toutes les délicieuses sensations qui remuaient le cœur de la pauvre exilée, elle qui croyait mourir loin de cette France tant regrettée.

« Peut-être doit-on bénir cette absence de tout souvenir dans ce malheureux être, dans cette triste victime de la paresse; car s'il eût recouvré son bon sens, le reste de ses jours eût été empoisonné par le remords.

« Comme je vous l'ai déjà dit, Étienne était le fils d'un maître ouvrier, qui était ébéniste. Le père Elliot avait une bonne clientèle, qui se composait de tout ce qu'il y avait de mieux dans la ville. Il était donc à son aise par son travail, et estimé de tous par son irréprochable conduite. Étienne suivait l'exemple paternel. Il n'était pas, comme la plupart des enfants, joueur, dissipé, bruyant. Après sa sortie de l'école, il rentrait aussitôt; et de retour au logis, il s'empressait de rendre mille petits services, soit à son père, soit à sa mère.

« A dix ans, Étienne savait parfaitement lire, écrire et calculer; il avait les premières notions de dessin, était pieux comme un ange, instruit dans notre divine religion, et se préparait à faire sa première communion. Chacun, dans le quartier, l'aimait, et plus d'un père l'enviait pour son fils.

« En face de la boutique de l'ébéniste, il y avait un bel hôtel habité par un vieux monsieur, célibataire fort riche, et passant pour un original, parce qu'il ne voyait personne et parlait rarement à ses voisins. Cependant il dérogeait à cette habitude en faveur de l'ébéniste et de son fils; il s'intéressait à cet enfant qu'il avait vu naître et grandir.

« Un jour que le bonhomme Elliot avait été appelé par le vieux monsieur pour faire quelques réparations aux meubles de son cabinet, Étienne demanda à son père de l'accompagner. Celui-ci y consentit, et l'emmena avec lui. A peine introduit dans le cabinet de M. Derville, l'enfant resta en extase devant une magnifique bibliothèque.

« Oh! papa! s'écria Étienne, que je « serais heureux si j'avais tous ces « beaux livres en ma possession !

« — Eh! qu'en ferais-tu? dit le « père.

« — Je les lirais, répondit l'enfant.

« — Vous ne pourriez tous les com- « prendre, mon petit ami, dit à son « tour M. Derville. Mais auriez-vous « du goût pour l'étude? Je croyais que « vous aimiez l'état de votre père?

« — Oui, Monsieur, répondit Étienne « avec une ingénuité charmante, je « l'aime pour mon père, parce que je

« sais lui faire plaisir ; mais je préfè-
« rerais être savant.

« — Voilà qui est d'un aimable en-
« fant et d'un bon petit cœur, dit
« M. Derville. Vraiment, vous méritez
« qu'on vous veuille du bien. Qu'en
« pensez-vous, maître Elliot?

« — Eh! fit le bonhomme, à quoi
« cela lui servirait-il, Monsieur? La
« science est de la viande creuse; elle
« ne rassasie pas celui qui a faim et
« qui n'a pas de pain gagné. »

« Étienne poussa un grand soupir, comme s'il eût dit adieu à un beau songe, et répondit en s'efforçant de sourire : « A votre volonté, mon père!

« — Hum! fit M. Derville, il me
« semble que l'enfant se résigne à
« contre-cœur. Tenez, maître Elliot,
« je suis riche, je suis célibataire et

« n'ai que des parents très-éloignés et
« riches eux-mêmes : si réellement
« votre fils a des dispositions et l'a-
« mour de l'étude, je le place au
« collége, et plus tard !.... plus tard,
« nous verrons. J'attends votre ré-
« ponse dans quelques jours. »

« Le débat fut long dans la famille Elliot : le père ne le voulait pas, la mère le désirait vivement, et Étienne, sans oser dire sa façon de penser, faisait pendant la discussion une drôle de mine. Il fut décidé qu'on s'en remettrait entièrement à la générosité de M. Derville.

« Étienne fut placé au collége, il eut des maîtres particuliers, pour rattraper le temps perdu. M. Derville fit les choses en noble et généreux bienfaiteur.

« Étienne avait dix-sept ans, il venait de terminer avec éclat ses études, et depuis qu'il était sorti du collége il se demandait, non sans quelque inquiétude, ce qu'il allait faire, lorsque M. Derville le fit prier de passer dans son cabinet.

« Cher Étienne, lui dit son protecteur « en lui serrant affectueusement la « main et en le faisant asseoir près de « lui, j'ai à vous parler d'affaires sé- « rieuses qui me concernent et sur « lesquelles je serais bien aise d'avoir « votre avis.

« Je suis né aux Antilles. Toute « ma fortune consistait en d'immenses « possessions que j'avais confiées à un « régisseur, désirant finir mes jours « en France. Je reçois à l'instant une « lettre qui m'apprend une bien ter-

« rible nouvelle, je suis ruiné ! —
« L'homme que j'avais placé à la tête
« de mes affaires et qui avait toute ma
« confiance, a si mal géré mes biens
« d'une part, et de l'autre si bien fait
« ses affaires, qu'il s'est enrichi en me
« ruinant. Un de mes amis m'écrit
« que ma présence est des plus néces-
« saires sur les lieux de mon désastre.
« Je le crois, et je pense comme lui
« qu'un voyage est indispensable; mais
« à mon âge une aussi longue traversée
« est quelque peu pénible à entre-
« prendre. Cependant, comme mes
« intérêts l'exigent, je vais partir
« très-prochainement et vous quitter.
« Croyez bien, cher Étienne, que
« c'est avec un extrême regret de ne
« pouvoir réaliser les projets que j'a-
« vais formés pour vous. Je voulais

« vous léguer toute ma fortune, vous
« faire mon héritier. Dieu vient d'en
« décider autrement, puisqu'il m'a re-
« tiré tout ce que je possédais. Je suis
« même réduit, pour faire les fonds
« nécessaires à mon voyage, de vendre
« ma bibliothèque, non pas toutefois
« avant que vous ayez choisi comme
« souvenirs de moi une douzaine des
« meilleurs ouvrages.

« — Oh ! Monsieur, s'écria Étienne
« dans la plus vive agitation, oh ! mon
« cher bienfaiteur, que parlez-vous de
« me donner encore ? Ce n'est pas de
« cela qu'il s'agit, mais de permettre
« que je vous suive dans ce lointain
« voyage. Oui, je vous suivrai, je
« vous servirai, je partagerai vos pé-
« rils, je vous consacrerai ma vie, et
« ce ne sera pas encore assez. Mais,

« mon Dieu ! que pensez-vous donc « de moi ? Vous me croyez donc in-« grat ! » Et en disant ces mots le pauvre Étienne fondit en larmes.

« Un imperceptible sourire de satisfaction effleura les lèvres de M. Derville, qui lui-même était très-ému, bien qu'il s'efforçât de le cacher. « Non, « non, Étienne, répondit-il au jeune « homme qui attendait avec anxiété « sa réponse, non, je ne vous crois « pas ingrat, et pour preuve, si vos « parents y consentent, je vous em-« mènerai avec moi.

« — S'ils y consentent ! répliqua « Étienne, oh ! Monsieur, n'en doutez « pas. Ils sont aussi reconnaissants « que moi de vos bontés. Ce que vous « avez fait pour leur fils, c'est comme « si vous l'aviez fait pour eux-mêmes. »

« Et en effet M. et Mme Elliot, bien qu'ils ne fussent que de simples et obscurs ouvriers, avaient le cœur trop haut placé pour ne pas comprendre qu'Etienne se devait autant à M. Derville qu'à eux. « Va, mon enfant, di-
« rent ces braves gens à leur fils en
« le couvrant de baisers, de larmes
« et de bénédictions, va, et fais pour
« ton bienfaiteur ce que tu ferais pour
« nous si nous tombions dans la
« misère. »

« Huit années s'écoulèrent pendant lesquelles vinrent de temps à autre des nouvelles d'Étienne, qui du reste parlait plus de M. Derville que de lui-même, prenant plaisir à répéter que son bienfaiteur était toujours excellent pour lui et qu'il lui témoignait de plus en plus l'affection d'un père. Mais voici qu'un jour arrive une lettre écrite de la main de M. Derville.

« Mes bons amis, leur disait M. Der-
« ville, pardonnez-moi de vous avoir
« privés si longtemps de votre cher
« enfant. Réjouissez-vous, enfin je
« vous le ramène. S'il ne nous sur-
« vient aucun accident fâcheux dans
« le cours de notre traversée, nous
« suivrons de près l'annonce de notre
« retour; et, croyez-moi, préparez vos
« cœurs honnêtes à toutes les joies;
« ne craignez pas de faire un trop beau
« rêve, la réalité dépassera toujours
« vos espérances; car le ciel et moi
« nous vous devons un ample dédom-
« magement du sacrifice que vous avez
« volontairement fait de votre unique
« enfant pour venir en aide à un vieil-
« lard isolé et que le malheur venait

« de frapper d'un coup bien cruel. »

« Dans ces quelques phrases un peu obscures, M. et Mme Elliot ne firent attention qu'à celle qui leur assurait positivement que leur fils allait leur être rendu. Pour eux il n'y avait pas de bonheur au-dessus de celui-là.

« Qu'il fut beau le jour où ce bon père, cette tendre mère pressèrent dans leurs bras leur Étienne bien-aimé! Ce fut à peine si dans l'ivresse qu'ils ressentirent à sa vue, ils remarquèrent M. Derville qui, doucement ému, contemplait ce spectacle avec des yeux humides!

« Oui, murmurait-il bien bas, oui, « embrassez-le, fêtez-le, bénissez-le « cet enfant, il n'y a pas de plus noble « et de plus généreux cœur que le sien. « Pendant ces huit années que nous « avons été absents, il m'a donné tout

« ce qu'il gagnait, se réservant tout au
« plus de quoi se vêtir; il a travaillé
« véritablement comme un nègre, afin
« d'amasser la somme qu'il fallait pour
« racheter l'habitation où je suis né.
« Dans une terrible maladie que j'ai
« faite dernièrement il m'a veillé nuit
« et jour avec une tendresse toute
« filiale. Oh! c'est un noble et ver-
« tueux enfant, et son nom est béni
« là d'où nous venons comme il le
« sera ici, je n'en doute pas, dès qu'il
« se sera fait apprécier.

« Et moi, moi! en me voyant l'objet
« des prévenances et des soins de cet
« excellent jeune homme, je me suis
« mille fois demandé si je n'avais pas
« été par trop cruel dans mon égoïsme
« en vous soumettant les uns et les
« autres à une aussi rude épreuve;

« car je ne suis pas ruiné; j'ai tou-
« jours été riche, je le suis plus que
« jamais. C'était une épreuve, vous
« dis-je. Dans ma longue carrière je
« n'avais encore trouvé que des in-
« grats, je doutais de la reconnais-
« sance. J'ai voulu essayer si l'affection
« d'Étienne résisterait à la perte de
« ces biens qu'il avait peut-être secrè-
« tement convoités. L'épreuve a été
« tout à votre avantage et à celui
« d'Étienne. Néanmoins j'ai voulu qu'il
« connût le prix de l'argent et le mal
« qu'on a à l'acquérir; bien mieux, j'ai
« voulu qu'il en gagnât lui-même. Puis
« il était urgent que je fisse ce voyage,
« voulant réaliser ma fortune dans les
« colonies afin de la passer sur la tête
« d'Étienne, si le temps n'affaiblissait
« pas les généreux sentiments dont il

« venait de me donner une preuve
« touchante. J'ai vendu tous mes
« biens; je reviens plus riche que je
« ne suis parti : je m'en félicite d'au-
« tant plus que toute ma fortune est
« pour Étienne. »

« De tout cela, continua M. de Senterre, je conclus qu'il faut que chacun travaille, riche comme pauvre. La loi divine est pour tous. »

Depuis quelques minutes le jeune Fernand semblait pensif; il était sérieux, et ses regards étaient baissés vers la terre. Enfin, s'adressant autant à son père qu'à lui-même, il dit : « Mon Dieu ! que j'ai peur de rester paresseux, de n'avoir pas assez de courage pour me corriger de cet affreux défaut! Et pourtant, père, je vous assure que j'ai bonne volonté.

— Rassure-toi, mon enfant ; j'ai bon espoir que tu sortiras à ton honneur de la lutte que tu veux engager avec toi-même, et puis si tu faiblissais, ne suis-je pas là pour te soutenir ? »

La veillée étant sur le point de finir, les enfants firent leurs préparatifs pour aller se coucher, puis la bonne de Lucile fut sonnée. Lorsque cette fille entra, M. de Senneterre fut étonné de l'expression de vive contrariété répandue sur tout son visage.

« Louise, vous serait-il arrivé quelque chose de fâcheux ? lui demanda son maître avec un affectueux intérêt.

— Comment ! Monsieur s'aperçoit... oh ! Monsieur est vraiment trop bon, balbutia la pauvre Louise, dont une subite rougeur couvrit aussitôt la figure.

Mais puisque Monsieur veut bien s'occuper de mon chagrin, je prendrai la liberté de lui dire qu'ayant reçu il y a quelques jours une lettre de mes parents, et cette lettre renfermant des secrets de famille, je l'avais cachée, et je l'avais mise dans un endroit que je croyais introuvable. Je m'étais trompée, car ma lettre a disparu. »

M. de Senneterre avait vu la petite Lucile tressaillir aux premières paroles de sa bonne. Il avait saisi une imperceptible pression de sa main sur sa poche, comme pour s'assurer de la présence d'un objet qu'elle avait dû y mettre.

C'en fut assez pour M. de Senneterre. Il savait que sa fille était la coupable, et quelque peine qu'il en eût, il ne le montra pas. Seulement il dit à

Louise : « Tranquillisez-vous. Je suis sûr, et il accentua ces mots d'une façon toute particulière, je suis sûr que vous retrouverez votre lettre, et je pense que la personne qui vous a joué ce mauvais tour doit en être fâchée à présent. »

La petite Lucile n'osa lever les yeux vers son père lorsqu'elle lui présenta, selon l'habitude, son front à baiser, et son père crut même voir deux larmes furtives s'échapper de ses paupières.

FIN DU PARESSEUX ET LE TRAVAILLEUR.

CURIOSITÉ
ET
INDISCRÉTION

CURIOSITÉ

ET

INDISCRÉTION

M. de Senneterre, dès qu'il fut retiré dans sa chambre, ouvrit un gros manuscrit, et l'ayant feuilleté avec beaucoup d'attention, il s'arrêta au titre d'une histoire qui parut le frapper.

Voici quel était ce titre :

LISANKA

OU

LE DANGER DE LA CURIOSITÉ ET DE L'INDISCRÉTION.

—

Ensuite il parcourut rapidement plusieurs pages, et, satisfait sans doute de ce qu'il venait de lire, il fit une remarque au manuscrit et le ferma.

La journée du lendemain s'écoula péniblement pour la petite Lucile. Elle désirait et redoutait à la fois la venue de l'heure aimée qui, tous les soirs, les réunissait au salon. C'est qu'il lui avait semblé que son père, à deux ou trois reprises différentes, l'avait regardée sévèrement, et ces regards lui avaient percé le cœur. Elle souffrait, la pauvre petite ! Le triste souvenir de sa faute, faute bien grave si elle en jugeait d'après le mécontentement exprimé par les yeux de son père, lui causait des regrets tels qu'à chaque instant sa poitrine se gonflait de gros soupirs, et que des pleurs amers coulaient le long de ses joues pâlies par l'inquiétude.

Fernand et Maxime, inspirés de leur tendresse pour leur sœur et devinant son chagrin, avaient cherché à la consoler, sans y parvenir cependant. Témoins de son hésitation à entrer au salon, ils la prirent chacun par une main, et lui faisant une douce violence, franchirent ensemble ce seuil redoutable.

Debout devant la cheminée, leur père les attendait. En voyant les deux fils couvrir de leur protection fraternelle leur petite sœur et lui en faire un soutien naturel, M. de Senneterre se sentit délicieusement ému; il leur sourit avec amour, et d'un mouvement passionné il leur ouvrit les bras.

Ce sourire et ce mouvement rassurèrent tout à fait Lucile, qui, comprenant qu'elle était pardonnée, d'un bond fut près de son père, et, lui saisissant la main, la porta à ses lèvres.

« Mes enfants ! mes bien-aimés ! leur dit M. de Senneterre les rassemblant sur son cœur dans une même étreinte, aimez-vous toujours ainsi; mettez toujours en commun vos joies, vos plaisirs, vos peines; et que vos trois cœurs, unis par la plus tendre affection, n'en fassent jamais qu'un seul. Puis asseyez-vous et écoutez-moi.

La fille du prince Bagration, très noble et très-opulent seigneur russe, avait manifesté dès son bas âge deux funestes inclinations, la curiosité et le besoin de parler. Par malheur, au lieu d'être réprimées, elles furent encouragées. Comme l'enfant était gentille et précoce, que ses reparties pétillaient d'esprit et de malice, chacun prit plaisir à la faire jaser. Mais ce qui n'était alors qu'innocent babillage prit un tout autre caractère à mesure que la petite fille gagna des années.

Le désir de briller, de se faire remarquer, de captiver les suffrages, inspira à la jeune Lisanka une soif ardente de tout connaître, afin de pouvoir beaucoup parler. Ainsi stimulée, aiguillonnée par cette détestable envie, elle avait continuellement l'oreille tendue pour écouter, pour saisir les moindres paroles.

Une fois engagée sur cette pente fatale, dont les fleurs de l'adulation lui cachaient les nombreux périls, la pauvre Lisanka se laissa entraîner sans chercher à se retenir, bien que l'abîme fût au bout.

En vous annonçant des malheurs, je dois vous dire comment ils arrivèrent et ce qui en fut cause.

L'histoire de Russie est marquée, à plus d'une de ses pages, par quelque conspiration contre le chef suprême de l'État. Plus d'une fois on vit la noblesse moscovite, mécontente des réformes que le czar voulait introduire dans l'empire, ou se révolter ouvertement, ou conspirer dans l'ombre. Une honteuse déchéance, le plus souvent un arrêt de mort suivi d'une sanglante exécution, telle était la manière de se venger qu'employaient ces boyards russes, attachés à leurs anciens usages et surtout à leurs antiques priviléges.

A l'époque où se passent les événements de notre histoire, c'était d'une de ces réformes qu'il s'agissait. — La lutte de la civilisation contre la barbarie était commencée, les nobles Russes opposaient une résistance obstinée aux généreuses intentions de leur souverain. De là conspirations et sourdes menées; tout ce que peut inspirer le plus vif ressentiment fut mis en usage pour que les améliorations projetées par l'empereur et désapprouvées par les boyards ne pussent s'effectuer.

Or le prince Bagration était le chef des mécontents, et son hôtel le rendez-

vous des conspirateurs. La nuit avaient lieu les entrevues, et le secret avait été si bien gardé, les mesures si bien prises, que la réussite paraissait certaine. C'était le lendemain à minuit que la révolte devait éclater. Une dernière réunion, jugée indispensable, avait été fixée à une heure assez avancée de la nuit; c'était pour une heure du matin.

Afin de n'inspirer aucun soupçon, l'on n'avait rien changé dans les habitudes de l'hôtel; on avait reçu à l'heure ordinaire, et la veillée s'était prolongée aussi avant que de coutume. Par malheur Lisanka, la fine oreille, surprit ces mots : *Ici à une heure*, dits à voix très-basse par son père à un étranger de haute distinction qu'elle voyait pour la première fois.

Ces paroles mystérieuses excitèrent au dernier point la curiosité de Lisanka, qui se promit bien de surveiller ce singulier rendez-vous. Pendant le reste de la soirée elle fut distraite et fort peu attentive à ce qu'on lui disait. Ses yeux ne quittaient pas la pendule, accusant de lenteur l'aiguille qui tardait tant à son gré de donner le signal de la retraite. Enfin le timbre sonna minuit. Peu à peu la foule qui emplissait les salons s'écoula, l'hôtel devint silencieux, les lumières s'éteignirent une à une; tout le monde paraissait dormir.

Cependant Lisanka était encore éveillée. Poussée par son irrésistible curiosité, elle rôdait dans les corridors. Au coup d'une heure, elle se trouvait dans une immense galerie qui conduisait d'un pavillon de l'hôtel à l'autre. Alors elle entendit le faible craquement d'une porte qui s'ouvrait avec des précautions infinies. Bientôt parurent deux individus dont l'un, précédant l'autre, portait une lanterne. Après avoir jeté des regards scrutateurs à droite et à gauche, ils traversèrent silencieusement la galerie, et arrivés à l'extrémité opposée, ils s'arrêtèrent devant la porte d'une vaste salle que Lisanka savait être déserte et dans laquelle on entrait fort rarement; puis ils l'ouvrirent et disparurent.

Ce n'était pas le compte de notre curieuse; elle voulait voir et entendre. Entraînée par ce furieux désir qui étouffait en elle toute retenue, elle se risqua jusqu'à la porte, obstacle infranchissable, et colla son oreille tout contre, afin de conjecturer, par les bruits qu'elle saisirait, ce qui pouvait se passer au dedans.

Soudain un grincement de clef dans la serrure l'avertit que quelqu'un allait sortir ; elle n'eut que le temps de se blottir contre une colonne pour n'être pas vue d'un homme qui, pressé ou préoccupé, négligea de fermer la porte. En avançant la tête et protégée par l'obscurité qui régnait dans cette partie de la salle, Lisanka put donc voir ce qui s'y faisait.

Au milieu de la salle, sous les rayons affaiblis d'une lampe suspendue au plafond, plusieurs hommes enveloppés de manteaux de couleur sombre se tenaient debout et immobiles; ils entouraient un personnage qui les haranguait avec chaleur : c'était son père, le prince Bagration. Comme elle cherchait à deviner le motif de cette réunion nocturne, ces mots prononcés avec une terrible énergie la frappèrent de stupeur : « Demain, à cette heure, le tyran doit être mort. — Oui ! oui ! répétèrent les conjurés d'un air sinistre et avec une farouche résolution ; oui, demain le traître sera mort. »

Satisfaite du succès de son espionnage, quoiqu'elle n'en comprît pas la portée, et ne voulant pas être prise en flagrant délit de curiosité, Lisanka se hâta de regagner sa chambre ; et tout en songeant à l'horrible secret dont elle s'était rendue maîtresse d'une manière si peu délicate, elle finit par s'endormir.

A son réveil, se rappelant les souvenirs de la nuit qu'elle aurait dû craindre d'évoquer même pour elle,

Lisanka se sentit dévorée du fatal besoin de parler de ce qu'elle avait vu et entendu.

Conduite chez une de ses amies, Anna Menzicoff, elle ne fut pas plutôt seule avec cette jeune personne qu'elle lui raconta étourdiment ce dont elle avait été témoin.

« Ah ! taisez-vous ! taisez-vous ! s'écria aussitôt Anna Menzicoff. Vous ne savez donc pas que si de semblables révélations étaient entendues, elles seraient l'arrêt de mort de votre père ! »

Hélas ! elles avaient eu ce terrible effet. Le père d'Anna allait entrer chez sa fille, lorsque son intérêt fut vivement excité par quelques mots de la conversation des deux amies; il comprit tout le parti qu'il pouvait tirer de l'indiscrétion de la fille du prince Bagration. Il était ambitieux, et de plus il nourrissait de longue date une haine secrète contre ce seigneur. L'instant de la vengeance, si vainement souhaité jusque alors, était donc enfin venu !

Il se rendit en toute hâte au palais, sollicita la faveur d'être admis auprès de l'empereur, et, l'ayant obtenue, il lui dénonça le complot formé contre sa vie ; il nomma avec une joie féroce le prince Bagration comme en étant le chef.

Des ordres furent sur-le-champ donnés pour l'arrestation de celui-ci, et ils furent exécutés avec une telle célérité que le prince fut arrêté chez lui et conduit en prison, tandis que ses papiers et les noms des principaux conjurés, saisis dans son cabinet, étaient remis entre les mains de l'empereur.

Les preuves du crime étaient trop évidentes, trop irrécusables pour que le jugement ne fût pas promptement rendu. La peine capitale fut prononcée; le prince devait avoir la tête tranchée.

En apprenant la fatale sentence, Lisanka, que le désespoir avait failli rendre folle, fut prise d'un tel accès qu'on la crut près d'expirer. Objet d'horreur pour elle-même et pour les autres, elle se repentait amèrement, mais trop tard, de s'être abandonnée aux déplorables penchants qui la vouaient pour la vie aux larmes et aux remords.

La princesse sa mère, qu'une tardive lumière avait éclairée, était le seul être qui eût pitié de la coupable enfant, parce qu'elle s'accusait elle-même de ne pas avoir réformé dans sa fille les défauts qui causaient leur malheur à tous.

La désolation de ces deux femmes était si profonde qu'elle eût attendri des tigres. Toutefois, lorsque Lisanka et sa mère vinrent en suppliantes se jeter aux pieds de l'empereur, il y fut insensible. Il repoussa les prières de la princesse, et traita plus durement la jeune fille. A plusieurs reprises les deux infortunées tentèrent d'émouvoir le cœur justement irrité du czar, en embrassant ses genoux et en criant grâce d'une voix déchirante; ce cœur était inexorable.

Cependant le jour de l'exécution approchait. Une dernière tentative, une démarche suprême fut faite par tous les parents et les amis du prince, lesquels se réunirent pour implorer la clémence de leur souverain. Leurs généreux efforts eurent un tout autre succès que celui qu'ils espéraient; ce fut une commutation de peine. Au lieu d'une mort prompte et de quelques instants de souffrance, c'était une mort lente et cruelle : l'exil perpétuel en Sibérie et le travail aux mines.

Le prince n'eut pas même la triste satisfaction de dire un dernier adieu à sa famille; il dut partir sans revoir aucun des siens.

La mère de Lisanka, d'une santé faible et chancelante, fut mortellement frappée par ces malheurs imprévus; elle languit toute une année, et succomba enfin sous le poids de sa douleur dans les bras de sa fille inconsolable.

C'était pour Lisanka trop de coups à la fois. Ses veilles assidues au chevet de la mourante et le remords qui la poursuivait sans relâche finirent par altérer gravement sa santé; puis elle tomba dangereusement malade. Longtemps elle fut entre la vie et la mort; mais la nature triompha dans la lutte, et au bout de six mois d'une pénible convalescence, Lisanka se trouva assez forte pour effectuer un projet qu'elle avait formé dans les longues insomnies où l'image de son père, accablé de maux de toutes sortes et la maudissant, venait la troubler et raviver l'amertume de ses regrets.

L'idée fixe de Lisanka était d'obtenir du czar la faveur d'aller partager l'exil de son malheureux père. Il fallut plus d'une démarche pour arracher cette permission. Cependant elle fut accordée, et dès ce moment Lisanka ne prit aucun repos qu'elle n'eût trouvé une occasion favorable pour se mettre en route. Par bonheur elle ne tarda pas à s'offrir. Des marchands de pelleteries allaient partir pour la Sibérie ; ils voulaient bien recevoir parmi eux la jeune fille.

C'était un bien long et bien fatigant voyage qu'elle entreprenait là. Il se passa bien des jours, des semaines et même des mois avant qu'elle eût atteint sa destination, qui était la ville de Tobolsk. Mais, direz-vous, comment put-elle résister aux fatigues d'une si longue marche ? qui soutint son courage au milieu de si terribles vicissitudes ? Ah ! mes enfants, en cela il faut l'admirer et l'imiter ! Ce fut sa confiance en Dieu ; et Dieu qui aime les cœurs vaillants, Dieu qui vient toujours en aide à ceux qui implorent son secours, fit de cette jeune fille frêle et délicate une intrépide et infatigable voyageuse.

Tel était son ardent désir d'être auprès de son père, qu'aussitôt arrivée dans cette ville, résidence du gouverneur, elle sollicita d'être admise devant lui et de lui remettre la lettre de l'empereur qui lui accordait la grâce d'être réunie au pauvre exilé.

Comme l'ordre était formel, le gouverneur fournit à la jeune fille les moyens de se transporter auprès de son père, qui, tout récemment, avait été exempté du travail des mines pour être confiné dans une cabane à l'extrémité nord du gouvernement. Lisanka reprit avec empressement son costume de voyageuse, et suivit avec joie son guide. Elle avait senti ses forces renaître à la pensée douce et terrible à la fois qu'après quelques jours d'une marche nouvelle elle serait enfin, ou dans les bras ou aux genoux de son père.

Il y avait près de deux ans qu'elle en était séparée : deux années de douleurs, de travaux pénibles et de privations de toute espèce. Seigneur ! qu'il doit être changé ! se disait-elle avec désespoir. Ah ! qu'il a dû souffrir ! et c'est moi qui en suis cause ! que dira-t il quand il me verra ? quel accueil en recevrai-je ? sera-ce du plaisir ou de la répulsion qu'il éprouvera à mon aspect ? Mon Dieu ! faites, je vous prie, qu'il ne me maudisse pas, qu'il ne me repousse pas, et je croirai que vous m'avez aussi pard

En proie à de semblables anxiétés et aux plus poignants regrets, Lisanka se hâtait à la suite de son guide, traversant sans y prendre garde d'immenses forêts de sapins dont la couleur sombre ajoutait encore à la tristesse de ses pensées. Elle se hàtait, et pourtant plus elle approchait de la retraite de l'exilé, et plus elle sentait son cœur défaillir. Mais que devint-elle lorsqu'elle l'aperçut courbé sous le poids d'une précoce vieillesse, la tête chauve, le visage hâve et décharné, se traîner péniblement vers une misérable hutte qui devait à peine le garantir des rigueurs du froid. A cette vue un cri d'inexprimable douleur sortit de sa poitrine oppressée, et elle vint tomber éperdue et gémissante aux pieds de son père.

« Mon père! oh! mon père! répétait-elle en sanglotant, pourrez-vous jamais me pardonner? C'est moi, oui, c'est moi, votre coupable enfant, qui par ma détestable indiscrétion ai attiré sur votre tête chérie tous les maux que vous avez endurés. Ah! ne me maudissez pas, je vous en conjure. » Et la malheureuse Lisanka n'osait même lever un regard suppliant vers l'auteur de ses jours.

Le prince Bagration, que la surprise et l'émotion avaient rendu muet pendant quelques instants, n'avait senti s'élever dans son cœur paternel aucun ressentiment du pénible aveu de sa fille. Il la releva et la pressa tendrement sur son sein, en lui disant : « Chère fille! je te pardonne. Comment veux-tu qu'il y ait dans mon âme du fiel ou de la haine quand je te vois, quand je te tiens dans mes bras ! Mais c'est de la joie, c'est du bonheur. Toutes mes souffrances sont effacées par le plaisir que je ressens de cette réunion inespérée. Et puis, ajouta-t-il d'un ton grave, j'étais coupable; je devais être puni. Dieu, ma chère Lisanka, m'a consolé dans cette affreuse solitude; j'ai enfin compris mes torts, et j'ai subi avec résignation le châtiment qu'il lui a plu de m'infliger par la main des hommes; et puisque le Seigneur m'a regardé, dans son infinie bonté, avec miséricorde, pourquoi, moi ton père, ne serais-je pas touché de ton repentir ? Ah ! viens, chère, bien chère enfant ! et dans les bras l'un de l'autre oublions, s'il se peut, les cruelles infortunes qui nous ont frappés; car je pressens en te voyant seule que ta noble mère est allée m'attendre au ciel. »

Hélas! Lisanka n'eut pas longtemps à entourer son père des soins de son amour filial; elle ne put prolonger des jours abrégés par une rude épreuve; elle le vit s'éteindre peu à peu sans qu'il lui fût possible d'arrêter les progrès de cette mort qui lui enlevait son père à la fleur de l'âge.

Avant de mourir, le pauvre exilé, le chrétien repentant fit entendre à sa fille des avis que le prince Bagration, au sein des honneurs et d'un luxe fastueux, n'eût peut-être pas songé à donner à son unique héritière.

Bien que Lisanka eût reçu de la bouche même de son père et de sa mère l'assurance de leur pardon, elle n'oublia jamais un seul instant leur mort prématurée dont elle s'accusait; et si après les avoir perdus elle supporta la vie, c'est qu'elle la considéra comme une expiation.

Dieu voulut pourtant qu'elle se mariât, et qu'elle eût des enfants. Sitôt qu'ils furent assez grands, qu'ils eurent assez de raison pour la comprendre, elle leur raconta son histoire, afin de leur inspirer l'horreur des deux défauts qui avaient été, pour elle et pour sa famille, une source de malheurs.

Quelques années après ces événements, elle rentra dans sa patrie et dans ses biens; mais son cœur garda toujours, au milieu des jouissances de la fortune et des douces joies de la maternité, le triste souvenir des fautes de sa jeunesse.

Depuis quelques minutes déjà M. de Senneterre ne parlait plus, et cependant aucun des trois enfants n'avait fait entendre son doux langage.

« Eh bien ! mes chéris, dit le père, à quoi réfléchissez-vous ? qui vous rend donc si graves ? est-ce que vous tramez quelque complot contre votre père ? ou bien ne voulez-vous plus lui confier vos pensées ?

— C'est moi qui suis curieuse et bavarde, interrompit la petite Lucile en poussant un gros soupir; et c'est pour moi que notre père a dit le conte. Oh ! qu'il m'a fait de peine ! Jamais je ne l'oublierai. Père ! s'écria l'enfant dont la voix s'emplissait de larmes, je ne veux pas être une autre Lisanka... Je vous en prie, infligez-moi une punition chaque fois que vous me verrez m'abandonner à l'un de ces deux vilains penchants.

— Cher ange, lui répliqua M. de Senneterre, l'impression salutaire que tu as reçue de cette histoire suffira, j'en ai la douce certitude; et je n'aurai pas besoin d'avoir recours à d'autres moyens, puisque tu es portée de toi-même à ne plus te laisser aller à ces funestes inclinations.

FIN DE CURIOSITÉ ET INDISCRÉTION.

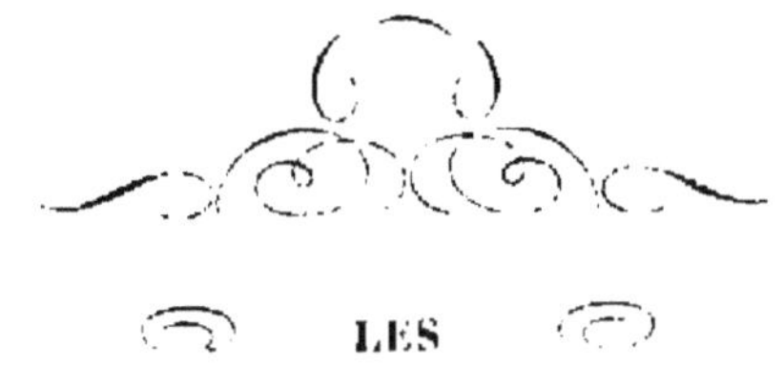

LES

JUMEAUX

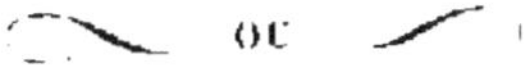

OU

L'AMOUR FRATERNEL

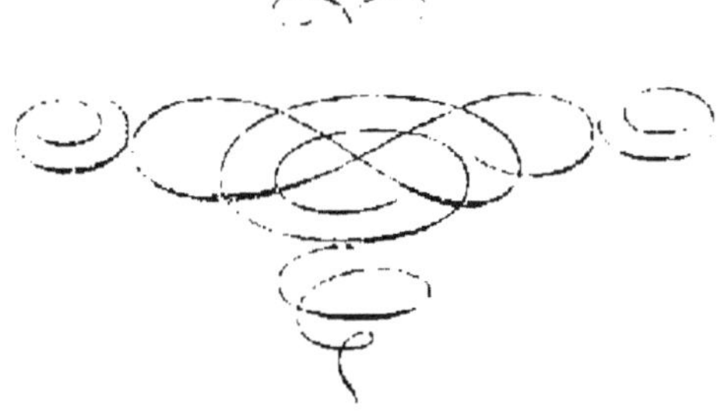

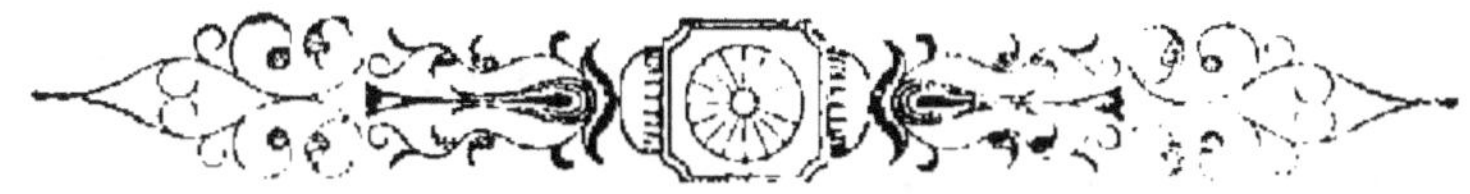

LES

JUMEAUX

OU

L'AMOUR FRATERNEL

Il n'est pas d'enfant de l'âge de Maxime qui ne connaisse ses défauts. Le fils aîné de M. de Senneterre avait donc proféré un énorme mensonge en assurant à son père qu'il ne saurait dire quel était son défaut dominant. Hélas! il le savait bien ; mais l'orgueil, le vieil ennemi du genre humain, lui avait fermé la bouche.

Maxime n'était pas sot ; il s'en fallait de beaucoup. Aussi ne se méprit-il pas sur l'apparente indifférence avec laquelle son père avait reçu son mensonge. Avec cet instinct du cœur que quelques enfants possèdent à un haut degré, il sentait que non-seulement son père devait être fâché contre lui, mais encore qu'il devait s'affliger de son manque de confiance.

Aussi Maxime n'hésite pas; il court, il vole au-devant de son père, et l'arrêtant par un geste timide et caressant, il lui dit d'une voix altérée par l'émotion : « Père ! depuis ce matin j'ai vainement cherché l'occasion de vous parler afin de vous confesser ma faute. J'avais tant de regrets de n'avoir point été sincère, connaissant mon principal défaut..... Un horrible défaut, père !... Je suis menteur ! »

Et le petit garçon, comme accablé de honte, inclina la tête sur la main de son père, qu'il tenait serrée dans les siennes et qui bientôt fut couverte de larmes brûlantes.

De quel poids n'est-on pas soulagé lorsqu'on s'est débarrassé du fardeau qui oppressait votre âme ! Que ce soit un remords, un regret ou une crainte, qu'importe ? on est heureux, on se sent léger, on dirait qu'on vient de gagner tout à coup une brillante fortune; c'est bien plus vraiment, puisqu'on a reconquis l'estime de soi-même et la tranquillité d'esprit.

Le bon père, s'étant assis, fait signe à ses enfants de s'approcher.

« Allons, leur dit-il, je vais vous dire le conte que je vous ai promis pour ce soir et que vous grillez d'entendre.

M. et Mme de La Garde avaient reçu comme présents du ciel deux fils jumeaux, César et Roger. Rien d'aussi frappant que la ressemblance physique de ces deux enfants. Même voix, même taille, même couleur de cheveux ; tous deux ayant les yeux bleus, la même force et la même complexion. Quant aux caractères, ils différaient essentiellement : c'était d'ailleurs la seule marque à laquelle on pût les distinguer. Par une bizarre répartition de la nature, à César étaient échues les plus fâcheuses inclinations ; à Roger toutes les belles, les bonnes et les généreuses : et cependant les deux frères s'aimaient d'une tendresse extrême.

Ils se quittaient rarement, sans pour cela que Roger prît part au mal que César se plaisait à faire. Au contraire, on eût dit qu'il s'était imposé la tâche de le réparer. S'il était l'ange réparateur, il était aussi l'ange gardien ; et parfois ses vertueux instincts parvenaient à dompter les mauvais qui ne cessaient de tourmenter César. Mais lorsque ces derniers avaient le dessus, il en gémissait tout bas, et s'efforçait aussitôt d'en atténuer les conséquences.

Ainsi grandissaient les deux jumeaux, conservant leur ressemblance physique et leur dissemblance morale. Roger était un aimable petit garçon, tandis que César avait trois horribles défauts : il était menteur, vindicatif et orgueilleux.

Cependant, comme il s'était aperçu qu'en s'y abandonnant sans contrainte il avait été sévèrement puni, il était devenu hypocrite, et avait recours à la dissimulation pour arriver à ses fins. Usant de la même réserve avec son besson, parce qu'il craignait de lui faire de la peine, il se cachait de lui lorsqu'il voulait accomplir quelque action blâmable.

Parmi les domestiques au service de ses parents il y avait un nommé Joseph, que César avait pris en aversion. Ce jeune homme, froid et réservé, ne frayait avec aucun de ses camarades; il s'isolait, repoussant toutes leurs avances, même celles des enfants, dont il avait mal accueilli les joyeuses espiégleries, surtout celles de César, qui ressemblaient à des méchancetés.

Or ce fut aux yeux du frère de Roger un crime que rien ne pouvait excuser; aussi se promit-il de tirer vengeance de ce valet mal-appris en lui faisant quelque grosse malice bien noire.

Un matin que César était entré furtivement dans l'appartement de sa mère, sachant bien qu'il n'y trouverait personne, il se mit à regarder curieusement une à une toutes les somptueuses futilités qui s'y trouvaient étalées. Comme il faisait l'inspection d'une magnifique toilette sur laquelle étaient confondus dans un charmant désordre rubans, fleurs et dentelles, un bracelet en or richement travaillé s'échappe du milieu de ces gracieux colifichets. Le voir, s'en saisir et en faire un jouet, furent même chose pour le malin enfant; mais à force de manier le fragile bijou, ne voilà-t-il pas qu'il se brise ! Comment faire, bon Dieu ! Dans son effroi, César, qui entend venir quelqu'un, perd la tête, et fourrant le bracelet dans sa poche, il s'enfuit par une porte dérobée.

Jusque-là le mal n'était pas encore bien grand ; il pouvait aisément se réparer. César n'avait qu'à avouer avec franchise les résultats de sa curiosité, et tout s'expliquait. Hélas ! c'est ce qu'il se garda bien de faire, et dès lors tout fut perdu.

La disparition du bracelet fut bientôt connue. La femme de chambre, à laquelle on le demanda, protesta avec un tel accent de sincérité de son ignorance à cet égard, que Mme de La Garde n'eut pas le moindre soupçon sur la fidélité de cette fille. Mais puisque le bracelet avait disparu, il fallait qu'il y eût un voleur.

Elle interrogea d'abord ses enfants. César assura sans rougir, tant il avait l'habitude de mentir, qu'il n'avait rien vu. Quant à Roger, il put en toute sincérité affirmer qu'il n'était pas le coupable.

Les domestiques furent questionnés à leur tour les uns après les autres, et chacun répondit : « Ce n'est pas moi ! ce n'est pas moi ! »

Alors une méchante idée surgit dans l'esprit de César. Comme il ne voulait pas revenir sur son mensonge, qu'il avait trop d'orgueil pour s'accuser et trop de rancune pour oublier ses prétendus griefs, il forma le projet d'aller déposer les preuves du vol dans la chambre du malheureux domestique auquel il en voulait.

L'heure du déjeuner des domestiques lui parut propice pour se hasarder jusqu'à la chambre de celui qu'il voulait charger de sa propre faute; il attendit ce moment avec impatience. Alors, après s'être assuré qu'il n'était ni observé, ni suivi, il grimpa lestement l'escalier qui conduisait aux mansardes; puis arrivé devant celle qui était occupée par Joseph, il entra hardiment et sans aucune hésitation. Comme il cherchait du regard où il pourrait cacher le corps du délit, il avisa dans le coin de la chambre une malle ouverte et remplie d'effets. Voilà mon affaire, se dit-il; et aussitôt il y glissa la preuve irrécusable du vol. Ensuite, tout glorieux de cet exploit, il alla tranquillement retrouver son frère et se mit à jouer avec lui.

Par une étrange fatalité, l'infortuné Joseph avait demandé son compte depuis quelques jours (particularité inconnue de César), et il devait sortir de l'hôtel le jour même où le méchant enfant avait commis son action ténébreuse. Au moment de son départ, Joseph, ne se doutant nullement du malheur qui le menaçait, présenta de lui-même ses effets à l'inspection. Il y assistait sans trouble et sans crainte quand..... jugez de sa consternation et de sa stupeur..... il vit retirer du fond de sa malle le bracelet de Mme de La Garde.

Il eut beau protester de son innocence, et jurer que c'était un mauvais tour qu'on lui avait fait en cachant le bijou dans ses hardes; on ne le crut pas, et il fut conduit en prison malgré ses larmes.

César, bien qu'il fût méchant, n'avait pas, il faut le dire, assez de jugement et d'expérience pour concevoir d'avance toute la portée de sa vilaine action. Il ne commença à être éclairé que lorsqu'il vit le pauvre Joseph arrêté et que chacun se récria sur la perversité de ce jeune homme, puis enfin quand il apprit que Joseph était condamné.

Dès lors le vrai coupable n'eut plus de repos; le remords avait enfin eu prise sur son cœur. Il perdit sa gaieté, le sommeil abandonna ses paupières; il maigrissait à vue d'œil, ne mangeait plus et était toujours triste. Souvent son frère, inquiet et alarmé de ce changement, le surprenait pleurant et ne pouvait deviner la cause de ces larmes.

Bientôt César devint assez malade

pour être obligé de garder le lit ; et une nuit que la fièvre le dévorait, il révéla à Roger le funeste secret qui lui torturait le cœur.

Roger, déjà si triste de voir son frère alité et souffrant, le fut bien davantage après cette cruelle révélation. Partagé entre le désir de réparer une grande injustice et la crainte de nuire à son frère qu'il aimait plus que tout au monde, et ne pouvant se résoudre à se faire l'accusateur de son jumeau, il prit le parti d'attendre que son frère fût mieux, espérant le décider alors à parler lui-même.

Mais la maladie, qui n'était pas encore déclarée, offrit soudain tous les symptômes de la petite vérole la plus maligne. Le médecin qui soignait César ordonna que Roger fût séparé de son frère, sous peine de prendre le même mal. Il fallut employer la force pour arracher le pauvre petit d'auprès de cette chère moitié de lui-même, de celui que la nature avait fait naître le même jour que lui, que le même sein avait porté, que le même lait avait nourri, que le même berceau avait reçu et qui chaque soir depuis neuf ans s'endormait à ses côtés ou dans ses bras.

Pendant trois jours il eut recours à plus d'une ruse pour violer la terrible consigne. Toutes échouaient; il était trop bien surveillé. Pour le tranquilliser on lui disait que son frère était mieux, que bientôt il le verrait.

Un jour la porte de la chambre, qui venait d'être ouverte, laissa passer le docteur précédé d'un domestique qui l'éclairait. Puis peu à peu le bruit de leurs pas s'éteignit dans le lointain, et l'obscurité et le silence envahirent de nouveau les abords de cette chambre où Roger brûlait de pénétrer.

La porte n'avait pas été refermée, et Roger put entrevoir, à la clarté d'une veilleuse, sa mère affaissée dans un fauteuil et une garde assise dans un autre. Enhardi par cette immobilité complète, il avança de quelques pas en comprimant les battements précipités de son cœur, et franchit le seuil. Arrivé près du lit de son frère, il le considéra avidement et se sentit défaillir à la vue des ravages que la maladie avait faits sur ce visage chéri. Pauvre frère! murmura-t-il en étouffant ses sanglots, me voilà; je ne te quitterai plus.

Il disait vrai, le doux enfant; car, s'étant glissé dans la ruelle, il se déshabilla et se mit auprès de son besson, lui parlant à voix basse, lui donnant les noms les plus tendres, et cherchant à le rappeler à la vie par ses caresses.

Pendant ce temps la garde peu vigilante dormait, et la pauvre mère, vaincue par la fatigue, dormait aussi d'un sommeil agité, troublé par des visions funestes.

Soudain elle s'éveilla en jetant un cri, et s'élança vers le malade. La garde était déjà debout. Hélas! quel horrible spectacle s'offrit aux regards éperdus de cette malheureuse mère! César n'était plus, et Roger, privé de sentiment, tenait étroitement embrassé le corps glacé de son frère.

On profita de son évanouissement

pour l'enlever au plus tôt de la couche funèbre. Soin superflu ; l'enfant a recueilli sur les lèvres fraternelles, dans un baiser suprême, le souffle empoisonné qui déjà circule dans ses veines.

Lorsque cette chère et tendre victime reprit connaissance, on dut s'étonner du calme qu'elle laissa paraître. Roger souffrait sans se plaindre, et une douce sérénité brillait sur son front pur et candide. C'est que l'enfant était dans le secret de Dieu ; il savait qu'il allait être bientôt réuni à celui avec lequel il était entré dans la vie.

Tous les secours de l'art furent impuissants, ils ne purent conserver Roger à sa mère ; et ce martyr de l'amour fraternel mourut en souriant et en prononçant un nom chéri.

Mais il n'emporta pas dans la tombe

le secret fatal qui coûtait peut-être la vie à son frère. Il demanda un vénérable prêtre qui venait souvent voir sa mère, et lorsqu'il eut soulagé son âme des fautes qui lui étaient personnelles, il lui dit que César l'avait prié d'avouer à ses parents l'affreuse action qu'il avait commise et dont il avait ressenti les plus cruels remords.

« Père ! s'écria Maxime avec un chaleureux entraînement, je le jure par le nom vénéré de notre chère bisaïeule, je ne mentirai plus, et je veillerai avec tant de soin sur ma langue, qu'il faudra bien qu'elle ne profère plus que des paroles de vérité. »

FIN

TABLE

Tours, Imp. Mame.

www.ingramcontent.com/pod-product-compliance
Lightning Source LLC
LaVergne TN
LVHW012010220826
846092LV00001B/303

* 9 7 8 2 3 2 9 7 7 4 0 8 4 *